Vendu au bénéfice des Pauvres

UN COIN
DE LA
QUESTION ANTIJUIVE

LA
GUERRE
AUX PAUVRES

Par

J. PARIA

A ceux qui souffrent.
A ceux qui pensent.

10 CENTIMES

ALGER
APHIE ET LITHOGRAPHIE, JONATHAN et Cie
7, Rue Nemours, 7

1898

UN COIN

DE LA

QUESTION ANTIJUIVE

·§·◈·§·

LA

GUERRE

AUX PAUVRES

Par

J. PARIA

A ceux qui souffrent,
A ceux qui pensent.

ALGER

TYPOGRAPHIE ET LITHOGRAPHIE, JONATHAN et Cie

7, Rue Nemours, 7

1898

LA
GUERRE
AUX PAUVRES

Les antijuifs ont prétendu parfois qu'ils luttaient contre le capital, que ce qu'ils combattaient dans le Juif c'était l'usurier; le banquier, l'homme d'argent. Il convient de dissiper cette légende que rien ne justifie.

Il est certain qu'il y a parmi les juifs des individus qui ont fait fortune par des moyens ni plus ni moins honnêtes que ceux employés par leurs concurrents aryens. Qu'on demande la révision de leur fortune, rien de mieux..... surtout si la mesure doit être généralisée (Mais vous verrez qu'alors nos bons antisémites n'en voudront plus....... et pour cause).

Mais s'en prendre au premier israélite venu des spéculations de quelques Rotschild c'est le comble de la mauvaise foi.

Si vous avez à vous plaindre de Vanderbilt irez-vous assomer un pauvre diable de yankee qui ne vous a jamais rien fait.

Eh bien c'est tout aussi absurde !

Le prétexte invoqué par les antijuifs pour justifier leurs excès ne tient pas debout !

L'antisémitisme, haine aveugle et barbare, fanatisme rétrograde que les vrais socialistes de toutes les Ecoles sont unanimes à flétrir (et comment pourrait-il en être autrement d'un parti qui s'enorgueillit de théoriciens comme Karl Marx, de martyrs comme G. Crémieux et tant d'autres), l'antisémitisme, réaction désespérée de l'esprit clérical et conservateur contre le flot montant des idées révolutionnaires, ne sera jamais que la plus odieuse des intolérances.

*
* *

Nous avons vu les petits bourgeois de l'Ecole de Droit exiger, obtenir, grâce à des complicités coupables, le rappel d'un jeune professeur ouvert à toutes les idées larges, et auquel l'on n'avait absolument rien à reprocher.

Nous avons vu lors des derniers troubles une cohue de *patriotes* se ruer mille contre un à l'assassinat d'un malheureux père de famille dont le seul crime était.... de s'être battu pour la France en 70 !

On ne dit pas que jusqu'ici aucun des sympathiques meurtriers ait été inquiété !.

Ni Lévy, ni l'infortuné Schebat n'avaient rien de Crésus.

En sacrifiant l'un, en massacrant l'autre ce n'était pas des riches, des exploiteurs que l'on frappait.

Mais ils étaient juifs !..

Vive notre sainte mère l'Eglise !

Laissez passer la justice de Drumont,

Mais il y a mieux — si possible.

Les antisémites nous font assister à cette chose ignoble, inouïe: la **guerre** ouvertement déclarée par de soi-disant chefs de parti à des **pauvres**, à des humbles, à des Travailleurs...

L'Evangile dit : Paix aux hommes de bonne volonté

Les géants de 89 disaient : Guerre aux chateaux, paix aux chaumières.

Régis et Cie ont changé tout cela.

Evidemment rien ne doit étonner de la part de gens qui déclarent respecter **l'infamie** *française* (c'est-à-dire antijuive dans le jargon de ces Messieurs).

Ils ne font pas que le dire : ils le prouvent.

Tous les jours, dans *l'Antijuif*, dans le *Réveil* dans la *Lutte* ce sont de nouvelles dénonciations contre de malheureux ouvriers ou employés de commerce dont le seul tort est comme toujours, d'être juifs, avec mise en demeure à leurs patrons de les renvoyer.

Quelques bons citoyens ont refusé. Nous ne les *dénoncerons* pas car par les temps actuels tout acte de tolérance est dangereux............ Beaucoup ont obéi.

. . . .

Et voilà leur antiploutocratie !

Quel mal avaient fait ces cochers, ces menuisiers, ces cordonniers, ces couturières auxquels on prétend enlever leur gagne-pain ?

Ils n'avaient jamais volé, dépouillé, ou exploité personne ces malheureux !

Ils ne faisaient partie d'aucun *Syndicat Dreyfus* que je sache.

Ils ne demandaient qu'a gagner laborieusement, honnêtement leur vie !

Et on veut les réduire, ces travailleurs, eux leurs femmes et leurs enfants à la mendicité, à la misère.

N'avions nous pas raison de dire que c'était une infamie.

Nous en faisons tous les hommes de cœur juges.

*
* *

... Ainsi les Antijuifs reprochent à leurs adversaires de ne pas adopter les professions manuelles et lorsqu'ils les adoptent, ils font tout pour les en chasser.

O duplicité...

*
* *

Et maintenant qui accuserons-nous ?

Le Peuple ? il serait injuste de le rendre responsable. Il est trompé et dupe. On lui cache la vérité. Comment pourrait-il agir selon la générosité et la justice.

La Presse, par sa mauvaise foi à fait beaucoups de mal, mais elle n'est qu'un instrument aux mains de quelques candidats ambitieux.

La Bourgeoisie est la grande coupable c'est elle qui, ici comme ailleurs, excite le réveil des passions et des préjugés d'un autre âge.

Elle espère ainsi prolonger son règne.

Et puis il y a aussi le côté commercial.

Alger a été mis à feu et à sang pendant huit jours.

Des centaines de pauvres gens ont souffert dans les prisons pendant de longs mois.

Pour que quelques gros négociants puissent faire de bonnes affaires au détriment des petits boutiquiers juifs.

\.

Prolétaires israélites, mes frères, il est temps de vous ressaisir.

Trop souvent vous avez été conduits par de *mauvais bergers*.

Réagissez, unissez-vous, groupez-vous pour la défense commune.

Trop souvent vous avez soutenu de vos suffrages abusés ce parti de compromission de compression et d'oppression qu'est le parti gouvernemental actuel.

Ecoutez l'appel de Jaurès, souffrants et opprimés, soyez avec tous ceux qui souffrent et sont opprimés.

Et lorsque sonnera l'heure inévitable de la révolution libertaire et égalitaire qui seul peut vous délivrer, prolétaires israélites, mes frères, **souvenez-vous !**

Alger, le 25 Mars 1898.

Jacob PARIA.